AF199124

Ralf Neubohn

Die Gartenschau-Morde

Nicht nur dem Unkraut geht es an den Kragen

Ein Rendezvous von Kurzkrimis und schwarzen Humor Gedichten

Ralf Neubohn

Die Gartenschau-Morde

Nicht nur dem Unkraut geht es an den Kragen

Ein Rendezvous von Kurzkrimis und schwarzen Humor Gedichten

Bibliografische Information der Deutschen Nationalbibliothek
Die Deutsche Nationalbibliothek verzeichnet diese Publikation
in der Deutschen Nationalbibliografie;
detaillierte bibliografische Daten sind im Internet
über www.dnb.de abrufbar.

Herstellung und Verlag: BoD – Books on Demand, Nordersted

ISBN: 978-3-7460-4355-5

Inhalt

Vorwort des Herausgebers Ralf Neubohn

16 Städte und Gemeinden unterstützen die Gartenschau an der Rems. Das ist eine sehr beachtliche Leistung. Mit dabei sind derzeit: Essingen, Böbingen, Mögglingen, Schwäbisch Gmünd, Lorch, Urbach, Schorndorf, Winterbach, Weinstadt, Remshalden, Korb, Kernen im Remstal, Waiblingen, Fellbach, Remseck.

Sie haben Vorbildliches geleitstet.

Auch die Stadt Heilbronn hat ein wunderbares Konzept für ihre Gartenschau erstellt.

Um diese beiden wunderbaren Gartenschauen indirekt zu unterstützen habe ich mein Projekt „Gartenschau Triologie" gestartet, in der drei ganz unterschiedliche Bücher zu diesem Themenkreis erscheinen. Der hier vorliegende Krimiband, einen Band mit heiteren Kurzgeschichten und ein Buch mit Fantasygeschichten.

Viel Spaß heute schon einmal mit den Kurzkrimis und schwarzen Humor Gedichten! Ich hoffe, wir sehen uns dann bei den Folgebänden wieder!

Ihr Ralf Neubohn

Das Gartenschauwunder

Hans saß auf den Remsterrassen und las sein Lieblingsbuch „Neubohns Krimihäppchen" zu Ende. Er las es seit Jahren immer wieder von vorn, weil ihn diese Mischung aus Kurzkrimis und Humor sehr ansprach.

Nun griff er zu Neubohns originellem Werk „Im Tal der Autoren", um es ebenfalls in Ruhe zu genießen. Die Sonne schien, vor ihm floss die Rems plätschernd vorbei, was konnte es Schöneres geben? Völlig entspannt blickte er auf die beiden Remsinseln zu seinen Füssen und schlug das Buch mit den heiteren Geschichten aus dem Autorenleben voller Vorfreude auf.

Doch dann schoss es ihm durch den Kopf: „Ich bin doch nicht zum Lesen hier, sondern zum Arbeiten!" Bedauernd legte er das Buch zur Seite und stand auf. Nur durch seine hohe, professionelle Arbeitseinstellung gelang ihm der Aufbruch aus dem sonnigen Paradies. Überall schlenderten seine Kunden über das Gartenschaugelände. Hans gefiel am besten der Teil beim See am Hallenbad und jener bei der Kunstlichtung. Dort fanden immer so schöne Lesungen statt. Doch wo auch immer seine Kunden auf ihn warteten, da ging er hin. Vom Bädertörle in Waiblingen bis nach Schorndorf lag sein Arbeitsbereich. Sein ganzer Ehrgeiz lag darin, dort überall gleichmäßig gut zu arbeiten.

Kein Gebiet des schönen Gartenschaugeländes durfte vernachlässigt werden. Denn die Arbeit rief überall dauernd nach ihm. Eine große Verantwortung lag auf Hans. Es gab sehr viel zu erledigen. Die Gartenschau kam gerade im richtigen Augenblick, um in finanziell schwerer Zeit Geld in seine Kassen zu spülen. Dankbar dachte er: „Ein Wunder, diese Gartenschau! Schönes Gelände, wunderbare Blumen, ein Ort zum Genießen. Und um nebenbei gute Geschäfte zu machen! Was will man mehr?"

Zufrieden schlendernd besah er sich entzückt die Landschaft und die Hosentaschen der Besucher. Ein Traum für Taschendiebe wie ihn. Vielleicht treffen sie ihn ja mal an seinem Arbeitsplatz. In diesem Falle wünsche ich Ihnen viel Glück!

Überraschung!

Herr S. Chrecklich spazierte in Weinstadt über das Gartenschaugelände. Ihm gefiel die schön gestaltete Anlage sehr. Vor einem Blumenbeet mit roten Rosen blieb er bewundernd stehen. Wie prachtvoll sie blühten! Neben den Rosen stand einzeln eine sehr große, äußerst merkwürdige Pflanze. Er konnte sie keiner ihm bekannten Art zuordnen. Diese Pflanze lenkte ihn so ab, dass er das Herannahen eines offensichtlich tollwütigen Hundes erst zu spät bemerkte. Es blieb ihm keine Zeit zu fliehen, keine Chance auf Rettung. Herr S. Chrecklich schloss erstarrt vor Schreck die Augen. Ein lautes „Schlurp" ließ ihn auffahren. Die Pflanze hatte sich über den Hund gebeugt und ihn verschlungen! Vermutlich ein Ergebnis des Klimawandels. Früher gab es hier in Weinstadt keine fleischfressenden Pflanzen. Da kam ihm eine geniale Idee! Auf diese Art könnte er seinen nervigen Schwager loswerden! Diesen ohne Spuren beseitigen! Der perfekte Mord! Einfach genial! Bereits zwei Tage später schlenderten sie beide gemeinsam über die Gartenschau. Als niemand in Sicht war, schlug er seinen verhassten Schwager nieder und schleifte den Betäubten zur fleischfressenden Pflanze. Diese würde mit einem lauten „Schlurp" alle Spuren seiner Tat wie geplant beseitigen. Tat sie auch. Nur schluckte sie beide zusammen weg. Tja, selbst der beste Plan kann einmal scheitern.

Pech gehabt

Verächtlich verzog Hans das Gesicht. Wieder lief ein Gartenschau-besucher mit hervorstehendem Geldbeutel vor ihm. Ein Kinderspiel sich seiner Börse zu bemächtigen. Egal, ob in Heilbronn, Waiblingen, Schorndorf, Winterbach oder anderswo, sein Geschäft lief weiterhin blendend. In jeder Stadt lechzten scheinbar die Gartenschaubesucher förmlich danach, von ihm erleichtert zu werden. Diese unfreiwilligen Spenden machten es ihm erst möglich, seine teure Freundin bei Laune zu halten. Mit dem Erlös seiner heutigen „Arbeit" konnte ein netter Abend mit ihr finanziert werden. Zuerst der Besuch eines Konzertes, anschließend ein Galadinner.

„Ein Glück, dass diese Idioten sich so leicht bestehlen lassen", dachte Hans voller Herablassung.

Als er abends mit seiner Freundin an der Konzertkasse stand, befiel ihn ein großer Schock: „Ich bin bestohlen worden! In was für einer furchtbaren Welt leben wir denn, dass man einfach so bestohlen werden kann!" Hans bedauerte sich ausführlich selber, während seine Freundin überlegte, ob sie sich weiterhin mit so einem un-fähigen Schussel abgeben sollte, der sich beklauen ließ.

Reizende Reise

Richard R. Riesling befand sich gern auf deutschen Gewässern. Ob Bodensee, Mosel, Rhein, überall gefiel es ihm ausnehmend gut. Leider mochten ihn seine Mitpassagiere umso weniger. Es muss leider gesagt werden: Herr Riesling trank meist härtere Sachen als Riesling und wurde dann extrem unleidlich. Häufig sogar gewalttätig.

Bei seiner neuesten Kreuzfahrt fuhr er auf dem Neckar an der Gartenschaustadt vorbei, als es zu einem schwerwiegenden Zwischenfall kam.

Seit 20.00 Uhr hielt er sich an seine strenge Whiskydiät und nahm nichts anderes mehr zu sich. Mit jedem weiteren Glas stieg seine Gewaltbereitschaft und er pöbelte immer häufiger seine Mitreisenden übel an.

Gegen Mitternacht schrie Herr Riesling Frau Nemesis an: „Was geht es Sie an, wie viel ich trinke? Und wem ich meine Meinung sage? Was denken Sie eigentlich, wer Sie sind?" Darauf kam drohend die unheilverkündende Antwort: „Wie ich Ihnen schon sagte, ich bin Nemesis!" Da unser Reisender sich nur mit Alkohol auskannte und mit sonst gar nichts, stürzte er sich auf Nemesis, um sie von Bord zu stoßen.

Durch einen Kampfsporttrick seines vermeintlichen Opfers landete der Alkoholiker stattdessen selber im Neckar. Der Kapitän hörte das Aufklatschen im Wasser und rief: „Mann über Bord!", was sofort die verschiedensten Rettungsmaßnahmen einleitete. Doch die Dunkelheit behinderte die Suche so sehr, dass er erst zu spät aus dem Hades, äh, Neckar gefischt wurde.

Der Kapitän sah den Ertrunkenen vor sich auf den Planken liegen und sprach nachdenklich: „Riesling verträgt sich mit zuviel Wasser nicht!" Ein Satz, in dem viel Wahrheit lag. Die Suche nach Nemesis blieb erwartungsgemäß erfolglos, denn die kommt und geht bekanntlich, wie sie will.

Der Banküberfall

Xavers Plan bot sich förmlich von selbst an. Durch die Touristen, die zur Gartenschau wollten, kam in Heilbronn der normalerweise schon starke Feierabendverkehr fast zum Erliegen.

Wer zu dieser Zeit eine Bank überfiel, konnte sich sicher sein, dass die Polizei zu lange brauchen würde, um sich durch den Stau von Pendlern und Touristen durchzukämpfen. Bis sie die Bank erreichte, befand er sich mit seinem Fluchtauto schon wo ganz anders.

Er parkte direkt vor der Bank, stürmte mit gezogener Pistole herein und verlangte das Geld. Alles verlief gut, bis er aus seinen Augenwinkeln eine Bewegung am rechten Rand sah. Wo kam der Mann plötzlich her? Eben lag die Schalterhalle doch noch völlig leer vor ihm!

Hätte Xaver besser recherchiert, wäre ihm bekannt gewesen, dass rechts von den Schließfächern im Keller eine Treppe her

führte. Und von dort stürmte nun ein Sicherheitsbeamter auf ihn zu. Spontan und eigentlich ungewollt erschoss Xaver ihn und flüchtet tief erschrocken zum Auto. Genauer gesagt zu dem Ort, wo sich bis vor kurzem sein Auto befand, bevor es ein Autodieb stahl. „Nun gut, dann fliehe ich halt zu Fuß", dachte er. Es war das Letzte, was ihm in Freiheit je durch den Kopf ging. Denn bei oberflächlichen Besichtigungen des Tatorts hatte Xaver es versäumt, sich die Umgebung näher anzuschauen. Gegenüber der Bank lag ein Imbiss, in dem viele Polizisten verkehrten, die nun mit gezogener Waffe vor ihm standen.

Im Fußball wird so etwas Eigentor genannt. Dafür gibt es keinen Applaus, höchstens Buhrufe.

2. Anlauf

Dem Gärtner muss man verzeihen,
dass die Rosen noch immer nicht gedeihen.
Ein verscharrter Toter,
macht sie eben auch nicht roter.

Passend

Rosen haben Dornen,
der Tod auch.
Deshalb legen nicht nur Nornen
Leichen unter einen Strauch.

Erntezeit

Steht der Tod im Garten,
muss er nicht lange auf die Ernte warten.

Dinner

Liegt Deine Familie tot im Garten,
brauchst Du nicht mit dem Essen warten.
Liegt dort auch der Koch,
leider doch.

Auf Tour

Wenn der Tod durch die Gartenschau tingelt,
hat die Sterbeglocke nicht so schnell ausgeklingelt.

Diskreter Hinweis

Besteht die Gartenmauer aus Totenköpfen,
solltest Du den Kirschbaum nicht schröpfen.
Sonst kann es durchaus sein,
Du endest als neuer Mauerbaustein.

Ideale Mieter

Es sprach ein strenger Gebieter:
„Auf dem Friedhof sind die besten Mieter.
Man zahlt pünktlich deren Mieten
und muss ihnen keinen Lärm verbieten."

Hochsaison

Wenn der Tod lauthals lacht,
hat er gute Geschäfte gemacht.
Wenn er zwischendrin tückisch kichert,
waren die meisten nicht mal versichert.

Schlussfolgerung

Es trieb ein toter Autor die Rems hinunter,
da rief eine gelehrte Frau:
„Ein Autor kommt viel herum und herunter",
das stimmte in diesem Fall genau.

Verdienter Lohn

Er war Krimiautor,
hoffte auf viel Gewinn.
Doch das Schicksal kam ihm zuvor
und raffte ihn hin.

Hobbygärtner

Liegt eine Tote im Blumenbeet,
zeigt es, wie weit dieses Hobby geht.

1A Dünger

Liegt eine Leiche im Blumenkasten,
müssen die Pflanzen nicht mehr fasten.

Sinnreich

Stehst Du tot als Vogelscheuche im Blumenbeet,
siehst Du wie es im Leben so geht.
Statt weiterhin unnütz durchs Leben zu gehen,
bist Du nun endlich gern gesehen.

Furcht

Der Gärtner dachte beim Bäume beschneiden:
„Dieses Schicksal will ich nie erleiden."

Einmalig

Liegt sie aufgespießt auf dem Kaktus,
war es ein unvergessliches Rendezvous.

Paradiesische Zeiten

Liegt ein Anhalter auf den Bahngleisen,
will er etwas beweisen.
Zum Nulltarif kommt jeder ans Ziel,
sofern er ins Paradies will.

Behörde

Eine Tote lag im Amte,
da rief der leitende Beamte:
„Das ist ja unerhört,
dass man unsere Ruhe stört!
Wo doch hier nie was passiert,
die Leiche wird einkassiert.
Sie landet unter dem Balkon,
einer Zeitungsredaktion.
Die werden bezahlt zum Schreiben
und Nachforschungen betreiben."

Behagliche Wärme

Liegt eine Leiche auf dem Kaminrost,
schützt das vor dem schlimmsten Frost.

Berufsrisiko

Ermordet jemand den Börsianer in Wut,
fand er die Anlagetipps nicht gut.

Sammlerleidenschaft

Manche sammeln Bücher,
andere seltene Tücher.
Solch armen Tröpfe,
ich sammle von Ermordeten die Köpfe.

Süßer Traum

Er lag schlafend auf dem Sofa,
träumte herrlich von einem neuen Mofa.
So konnte der Killer unbemerkt hereinlaufen
und sich nach erledigter Arbeit eines kaufen.

Besuchstag

Kommt ein Mörder in Dein Haus,
verlässt Du es mit den Füßen voraus.

Seltsam

Beim Morden sind alle höchst mobil,
nichts wird ihnen zuviel.
Doch zum Richtblock,
gehen sie nur am Stock.

Der englische Killer

Das Messer war sehr breit,
der Mörder lag bereit.
Zur Teezeit nahte seine Beute,
da dachte er: „Aber nicht mehr heute!
Ich entstamme einer Teetrinker Nation,
es lebe die Tradition!"

Der Erbe

Er besaß eine große Klappe
und die war nicht von Pappe.
Von Beruf war er Sohn,
erwartete dafür viel Lohn.
Eines Tages bekam er, was ihm gebührte,
als ihm ein Gegner den Hals abschnürte.

Glockenspiel

Hängt ein Autor am Glockenseil,
nehmen die Leute endlich an ihm teil.
Hängt jedoch ein Prominenter am selben Seil,
finden es alle unglaublich geil.

Psychologie des Mordens

Die dynamischen Mongolen morden,
in lärmenden Horden.

Der Engländer mordet allein und nett,
kleidet sich dazu adrett.

Ein Italiener tut's nur voller Emotionen,
in Hoffnung auf große Sensationen.

Die Osteuropäer killen nur voller Alkohol,
sonst fühlen sie sich bei der Arbeit nicht wohl.

Deutsche morden äußerst sachlich,
bleiben dabei kühl und fachlich.

Vorsicht

„Wer wird denn den Kopf verlieren", sagte der Scharfrichter
und schob den Auffangkorb dichter.

Die Wahrheit über Jack the Ripper

In einer Kneipe spielte Jack the Ripper,
mal wieder besessen Flipper.
Da kam ein besoffener Rocker daher,
seitdem gibt es den armen Jack nicht mehr.

Lebensweisheit

Der Henker stellte sich auf die Zeh
und sprach gelassen:
„Beim ersten Mal tut es ein bisschen weh",
um dann die Axt sausen zu lassen.

Teilzeitarbeit

Ist jemand Mörder auf Teilzeit,
steht er immer auf Abruf bereit.
Ein sehr stressiger Beruf,
den man da als ABM-Maßnahme schuf.

Rechtfertigung

Sie sagte nur dies:
„Du bist aber fies!"
Darauf tobte er voller Grimm:
„Was? Ich bin nicht schlimm!"
Erschlug sie zum Beweis,
damit sie es jetzt besser weiß.

Stilfrage

Früher wollte der Autor witzig sein,
dafür würgten ihm die Kritiker was rein.
Daher wurde er sehr solide
und schrieb nur noch morbide.

Mordwaffe

Autoren morden viel auf Papier,
der Füller ist dabei ihr Rapier.

Regionale Unterschiede

Geschieht ein Mord in Schwaben,
will jemand ein Häusle haben.
Geschieht ein Mord in Bayern,
will jemand im Biergarten feiern.
Geschieht er aber in Berlin,
ist der Täter bald IN.

Gelungenes Menü

Wie Blut funkelt der Wein,
er mundet sehr.
Schmeckt äußerst fein,
passt zum Arsen im Dessert.

Heißes Date

Sie hatte sehr feine Strümpfe an,
er dachte: „Endlich komme ich dran",
mit diesem Gedanken behielt er Recht,
doch die Killerin behandelte ihn schlecht.

Wahrheit

Wenn im Wein die Wahrheit liegt
und ein böser Mensch sich in Sicherheit wiegt,
dann kann dies Konsequenzen haben,
an denen sich lachende Erben laben.

Serienautor

Er schrieb gewohnt heiter,
dabei war er geistig schon lange tot.
Automatisch ging es wie bisher weiter,
bis ins frühe Morgenrot.

Revolution

Die Revolutionäre wollten alles besser machen,
verstrickten sich aber bald in den Sachzwängen.
Ihre Freunde fanden dies nicht zum Lachen
und ließen diese Konterrevolutionäre hängen.

Chicago Bar

Gibt's Ärger in Sams Club,
erschien wohl ein böser Bub.
Das wird dieser schnell bereuen
und sich nie mehr des Lebens freuen.

Mördermumie

Sie lag einbalsamiert in ihrem Grabe,
trug alles bei sich.
Weiß gilt hier als Trauerfarbe,
bald holt sie Dich!

Rendezvous mit einem Ringer

Sie lächelte milde,
wickelte ihn um den Finger,
führte dabei böses im Schilde:
bald gab es einen toten Ringer.

Globetrotter

Wenn der Tod auf Reisen ist,
kümmert er sich nicht um Grenzen.
Achtet darauf, was er isst,
genießt überall die besten Referenzen.

Der Lohn

Er wollte weiter in Freiheit leben,
hatte deren Freuden nicht satt.
Doch nichts war vergeben,
das Gericht setzte ihn schachmatt.

Zusammenhänge

Ist der Mörder auf dem Dach,
bleibt das Opfer nicht mehr lange wach.

Liegt ein Toter im Kohlenkeller,
macht es dort die Stimmung auch nicht heller.

Wenn der Zimmermann die Axt zu Hause lässt,
gibt er wohl seiner Frau bald den Rest.

Lauern auf Dich die Raben,
kannst Du Deine Zukunftspläne begraben.

Wer glaubt, er sei sehr helle,
dem vergeht es meist auf die Schnelle.

Eine Leiche in der Tiefkühltruhe,
bringt vor Naschmäulern erst mal Ruhe.

Der Vamp

Sie lag fast nackt im Bett,
lächelte dabei ganz nett.
Der arme Lustmolch,
bemerkte zu spät den Dolch.

Barbekanntschaft

John gab sich cool und locker,
wollte sie besitzen.
Plötzlich haute es ihn vom Hocker,
mit Arsen ließ es sich schwer sitzen.

Weihnachtsstimmung

Wenn es draußen nieselt,
drinnen das Arsen rieselt,
dann ist es wieder soweit:
es naht die frohe Weihnachtszeit.

Friedhofsruhe

Das Tageslicht wurde immer knapper,
doch im Sarg des Autors herrschte reges Treiben,
fröhlich erklang Schreibmaschinengeknatter,
er wollte trotz des Todes kreativ bleiben.

Mörderischer Spaß

Wenn Killer ihren Lieblingssport betreiben,
kann kein betroffenes Auge trocken bleiben.
Des einen Freud,
des anderen Leid,
so bleibt es zu aller Zeit.

Unnahbar

Er fand sie sehr nett,
kroch zu ihr ins Bett,
doch sie blieb kalt,
darum verließ er sie bald,
sie und ihr Totenbett.

Ungerecht

Wenn Frauen morden,
bekommen sie dafür selten Orden,
dabei waren ihre Männer,
oft die letzten Penner.

Kunstfehler

Wenn es im Sarg krabbelt,
darin etwas zappelt,
dann hat der Arzt nicht aufgepasst
und den Fall falsch aufgefasst.

Der Badewannenmörder Smith

Smith sah die Dusche staunend
und flüsterte raunend,
„ach, war das eine schöne Zeit,
als eine Wanne stand zur Tat bereit."

Weisheiten

Wenn vor dem Zug ein Räumpflug hängt,
sich zuviel Selbstmordvolk auf den Gleisen drängt.

Wer sich im Reklamationsbüro über das Killerleasing beschwert,
dem ist offensichtlich sein Leben nichts wert.

Herrscht auf dem Friedhof ein Stau,
arbeitete ein Killer überpünktlich und genau.

Erlöschen um das Grab des Massenmörders die Lichter,
trifft er im Jenseits viele bekannte Gesichter.

Wer nicht gerne Schlange steht,
am besten mit dem Tod auf Reisen geht.

Wer Leichen als Dünger nimmt,
dem wachsen Todesblumen – ganz geschwind.

War der Henker besoffen,
hatte er noch nie beim ersten Mal getroffen.

Der Leichengräber sagte in sich gekehrt:
„Von meinen Kunden hat sich noch nie einer beschwert."

Hängt der Vermieter tot am Baum,
ist es wie ein schöner Traum.

Liegt der Lehrer tot auf dem Pult,
ist er plötzlich beliebt und Kult.

Liebe

Wenn Killer zu sehr lieben,
wird ihnen vom Chef eine Rosskur verschrieben.
Fühlen sie sich dann nicht wieder besser,
hilft nur noch das Messer.

Partygag

Willst Du IN sein
und sicher, dass keiner zu früh geht,
lade einen Mörder zur Party ein,
der noch voll im Saft steht.

Wenn in allen Ecken Leichen liegen,
das will doch keiner verpassen,
auch kann sich niemand in Sicherheit wiegen,
von dieser Action wird niemand lassen.

Schade

Eine Tote im Fluss,
bekommt selten einen Kuss.

Weisheiten II

So mancher Versicherungsvertreter,
endete als Fußabtreter.

Liegt die Leiche im Weinfass,
wird sie nicht nur von außen nass.

Wenn der Wein mit der Leiche gärt,
ist es für den Geschmack nicht verkehrt.

Einmal musste ich auf schlechte Nachrichten verzichten,
denn da starb der Sprecher der Fernsehnachrichten.

Liegt eine Leiche im Briefkasten,
musste sie vorher lange fasten.

Brät der Nachbar am Schaschlikspies,
redet er nie wieder fies.

Kocht eine Leiche in der Mikrowelle,
ist es schlecht für ihre Dauerwelle.

Hängt der Zahnarzt an seinen Ohren,
wird er nie wieder bohren.

Eigengewächs

Viele können es nicht lassen,
furchtbar zu hassen.
Die Opfer sind oft selber schuld,
erreichen den Hass mit viel Geduld.

Miese Stripbar

Karl sah die Bedienung,
sie gab nicht viel her.
Der Griff zur Fernbedienung,
fiel so nicht schwer.

Sprichwörtlich

Im Wein liegt die Wahrheit,
manchmal auch eine Leiche.
Beides sorgt für Nachdenklichkeit
und ist doch nicht das Gleiche.

Blumenbeet

Streut der Gärtner Blumensamen,
hofft er, dass sie bald gedeihen.
Nicht so bei der Leiche ohne Namen,
das sollte man ihm verzeihen.

Großputz

Klopft es aus dem Suppentopf,
ist der Gatte ein armer Tropf.

Stöhnt es aus dem Mülleimer,
endete dort ein anderer Schleimer.

Nicht jede Flasche, den sie zum Altglas bringt,
gehört da hin, so unbedingt.

In der Tiefkühltruhe,
herrscht nach Stunden endlich Ruhe.

Schließlich wandert der Schwiegervater in die Biotonne,
für die Hausfrau die größte Wonne.

Nach diesen vielen hausfraulichen Pflichten,
gibt es endlich nichts mehr zu richten.

Omen

Wartet der Sargmacher vor dem Haus,
gehst Du lieber nicht raus.
Wenn Django mit dem Sarg klappert,
hast Du dennoch bald ausgeplappert.

Old Flatterhand

Er zitterte, als er auf den Büffel zielte,
traf aber wieder nur den Wildhüter.
Dazu kam noch, dass er schielte,
seine Schießkunst wurde zum Ladenhüter.

Schöne Tradition

Wenn der Mond am Himmel steht,
ein Mörder zur Arbeit geht,
läuft alles seinen gewohnten Gang
und hoffentlich noch lang.

Verspielt

Wenn in Deinem Garten,
die Killer auf Dich warten.

Und der Hexer im Besenschrank,
dann melde Dich schnell krank.

Lauert am Telefon ein Pistolenschütze,
bist Du eine arme Schlafmütze.

Du hast Deine Chancen verspielt,
selbst wenn nicht eine Kobra nach Dir schielt.

Trinke beim Lied vom Tod einen letzten Wein,
lade dazu alle herzlich ein.

Ist später alles vorbei,
„Tod durch Unfall" , urteilt die Polizei.

Entsorgung

„Nimm den Müll mit",
rief sie.
Er stopfte sie rein mit einem Tritt
und bereute es nie.

Weisheiten III

Wenn der Nachbar im Toaster brät,
lärmt er nie wieder spät.

Wenn der neue Staubsauger den Vertreter aufsaugt,
beweist er, dass er doch was taugt.

Starb jemand vor Dir im Bad,
schmeckt das Wasser etwas fad.

Wenn der Nachbar in der Pfanne schmort,
hat er endlich ausgebohrt.

Warum unschuldige Tiere essen,
wir haben doch so viele Leute „gefressen".

Willst Du so richtig romantisch sein,
morde nur bei Kerzenschein!

Liegt die heiße Braut auf Eis,
ist sie wohl nie wieder heiß.

Möchtest Du mal so richtig glücklich sein,
schiebe Deinen Chef in den Backofen rein.

Wer andere im Klo ertränkt,
wird mit dem Kopf nach unten gehängt.

Liegt die Erbtante unter dem Schrank,
ist sie nicht mehr lange krank.

Wenn Mörder auf Reisen gehen,
bekommt man sie nur nachts zu sehen.

Zwei mal klingelt

Sie wartete vergeblich auf die Post,
bekam davon schon allmählich Rost.
Er wollte lieber keine schwarze Witwe besitzen,
um nicht später in der Tinte zu sitzen.

Gerechtigkeit siegt

„Lassen Sie uns das unter den Tisch kehren",
sprach entschlossen der Schlossherr.
„Der Dieb wird uns nie wieder beehren,
seine Reste geben ja nichts mehr her.

Er traf wohl den Schlossgeist
und gab dann den seinen auf.
Was es mal wieder beweist:
Die Gerechtigkeit nimmt stets ihren Lauf."

Lynch-Justiz

Wenn die Gerechtigkeit siegt,
mit Pauken und Trompeten,
sie manches etwas zurechtbiegt,
darüber schweigen wir lieber betreten.

Schlagender Beweis

„Ich wasche meine Hände in Unschuld", sprach der Exdiktator,
doch das Wasser färbte sich Rot.
Das Tribunal lud ihn vor,
hängte ihn im Morgenrot.

Wunsch erfüllt

Er lag in der Sonne,
wurde so richtig rot.
Doch bereitete ihm das keine Wonne,
er war schon seit Stunden tot.

Besser aufpassen

Ist Dein WC mal wieder verstopft,
hast Du die Leiche nicht richtig reingestopft.

Richtig einheizen

Steckt der Killer im Kamin fest,
veranstaltet der Besitzer ein Heizfest.

Rätsel

Es herrschte große Unruhe,
im Hause von Lord Jeffe,
es stöhnte aus seiner Schatztruhe,
wo war eigentlich sein Neffe?

Tragik

Er tötete mit dem Rasiermesser,
niemand beherrschte diese Kunst besser.
Mr. Knife starb im frühen Morgenrot,
er schnitt sich beim Rasieren tot.

Die Giftmörderin

Sie griff nach einem Gift,
las aber nicht die Aufschrift.
Es leuchtete in der Phiole hell,
sie öffnete diese schnell.
Sofort starb sie benommen,
sie hatte aus Versehen Giftgas genommen.

Bankgeschäfte

Wer frei von Schuld ist,
werfe den ersten Stein.
Wenn Du ein Banker bist,
einen wertlosen Optionsschein.

Tour de Tod

Wenn der Tod durch die Lande tingelt,
ist manche Ehefrau plötzlich versingelt.

Papua Neuguinea

Liegt ein Toter im prallen Sonnenschein,
muss wieder Grillsaison sein.

Modern

Der Killer tötete nur noch mit Gitarrensaiten,
denn er zog gern neue Saiten auf.
Sein Boss träumte von alten Zeiten,
bevorzugte lieber den Revolverlauf.

Freiluftfanatiker

Er liebte die frische Luft,
konnte ohne sie nicht leben.
Am Galgen umweht ihn dieser Duft,
er muss nie wieder danach streben.

Hundsgemein

Man konnte ihm nie beweisen,
dass seine Hunde beißen.
Erst als bei einem Dieb,
ihr Gebiss stecken blieb.

Missfallen

Wenn Leichen vom Himmel fallen,
mitten in das schöne Feuerwerk,
dann hat es den Fallschirmspringern nicht so gefallen,
dies überraschende Teufelswerk.

Schlechte Zeiten

Die Zeiten werden schlechter,
alles muss man ausnutzen.
Darum finden es Mörder jetzt gerechter,
ihre Opfer auch gleich zu verputzen.

Recht gehabt

„Jeder hat seine Leiche im Keller",
sagte der Mann vom Leichenschauhaus.
Dies bewahrheitete sich immer schneller,
fand die Polizei bei ihm daheim heraus.

Mühlen der Justiz

Wenn die Sankt Nimmerleins Glocke schlägt,
wird genau abgewägt,
wer lebte gut, wer schlecht,
wer brach das Recht?
Doch vorher geschieht dies meist nicht,
außer im Traum oder Gedicht.

Nicht nur Staub

Wir sollten uns nicht beschweren,
über kleine Unannehmlichkeiten,
es gibt so vieles unter den Teppich zu kehren,
so manche kleine Peinlichkeiten.

Wer also über einen Hubbel im Teppich stürzt,
sollte daher lieber erst gar nicht nachschauen,
denn dies hat schon manchem das Leben verkürzt,
besser ist es, gleich abzuhauen.

Nicht vergleichbar

Einst lachte ich über eine süße Maus,
sie huschte aber zu einer Leiche.
Ich floh sofort aus dem Haus,
denn beides ist nicht das Gleiche.

Eine Seefahrt die ist lustig

Erscheint Dir der Klabautermann,
bist Du bald dran.

Einen Vogel haben

Liegt eine Leiche im Vogelhaus,
kommt selten noch einen Vogel raus.

Ruht sie aber in der Kuckucksuhr,
tickt diese selten nur.

Der Kauz ruft dann nicht Kuckuck,
sondern nur noch Spukspuk.

Neptun

Wenn Neptun Dir nicht wohl will,
versinkt Dein Boot ganz still.

Friedhof

Auf dem großen Gottesacker,
liegen nicht nur alte Knacker.
Mancher rief: „No risk, no fun"
und bekam beides dann.

Verscharrt

Auf manchem geheimen Grabe,
sitzt ein unheimlicher Rabe.
Seltsame Pflanzen sprießen,
diese sollte niemand genießen.
Kommst Du an einen solchen Ort,
begebe Dich schnell fort.

Action

Du wolltest viel erleben,
hast nie was vergeben.
Wusstest alles besser,
warst flink mit dem Messer.
Nun liegst Du unter Gras,
was brachte Dir das?

Wirtschaftsfaktor

Auf der englischen Insel,
leben viele Einfaltspinsel.
Doch niemand ist so dumm
und streicht in Whitechapel rum.
Denn wer dies früher tat,
erhöhte dort den Etat.

Der Preis

Ist der Himmel wie Blei,
passiert allerlei.
Hier wird etwas gekillt,
dort ein schreiendes Opfer gegrillt.
Ein wenig falsch gespielt,
viel nach der Polizei geschielt.
Mancher Mitspieler dieses großen Spaß',
liegt vergessen unter Gras.
Denn was nicht jeder weiß,
irgendwann zahlt man den Preis.

Ideal

Wer in Soho nicht zahlen kann,
endet als Schnitzel dann und wann.
Manchmal auch als Zigeunerspieß
oder sonst wie fies.
Darum ist dort die Zahlungsmoral hoch,
nehmen wir es uns als Beispiel doch.

Nicht heiß genug

Wenn es in der Heizung brummt,
ist der Hauswart noch nicht verstummt.

Umverteilung

Manche große Exzellenz,
steht vor der Insolvenz.
Darüber kichern viele böse Buben,
in ihren dunklen Stuben.
Denn sie haben deren Geld
und sind nun Leute von Welt.

Rüge

Klingelt der Müllmann ergrimmt,
sagt er Dir, wie man sich benimmt.
Tote Schleimer,
gehören nicht in den Mülleimer.
Sie gehören in die Biotonne,
nur dort sind sie eine Wonne.
So sorgt dieser unnütze Todesschläfer,
wenigstens für die Käfer.

Hamann

Er verkaufte Fleisch vom Pferd,
es schmeckte seltsam süßlich.
Was brutzelte da in manchem Herd,
was aßen die Leute schließlich?

Sonderangebot

Eine Frau telefonierte aus Nizza:
Esst keine Sonderangebots Pizza.
Denn auf der Richtigen ist Schinken,
bis zum übersättigt abwinken.
Auf der anderen ist etwas Leiche,
das ist doch wohl nicht das Gleiche.

Good old England

Mancher Detektiv war geistig minderbemittelt
und hatte lang ermittelt.
Andere zeigten sich schlau,
besaßen plötzlich viel Geld und eine schöne Frau.

Überraschung

Die Blitze zuckten über den Himmel,
zwielichtige Gestalten huschten umher.
Eine Frau nahte auf weißem Schimmel,
sah nicht die Gefahr umher.

Würde sie knapp entkommen,
den bösen Gestalten?
Der Autor ließ die Heldin nicht verkommen,
um ein überraschendes Happy End zu gestalten.

Literaturverfilmung

Wenn die Heuschrecke leise zirpt,
die Bäume leise rauschen.
Der Großvater an Digitalis stirbt,
scheinen wir keinem Heimatfilm zu lauschen.

Flucht

Er hatte einen Platten,
um ihn huschten Ratten.
Der Mörder musste heftig schnaufen
und durchs Dunkel laufen.
Weit und breit nichts zu sehen,
wie konnte das geschehen?
Es war doch ein perfekter Plan erdacht,
hatte er gedacht ...

Minderheitenschutz

Wir sagen: Nein,
die Polizei darf nicht so erfolgreich sein.
Denn verhaftet sie zu viele Mörder zu Haus,
stirbt diese Menschengruppe bald aus.
Sie gehören schon jetzt zu den verfolgten Minderheiten,
bald muss die EU-Menschenrechtskommission einschreiten.

Gerettet

So mancher Pater,
wurde überraschend Vater.
Darauf verschwanden die Frauen schnell,
sein Heiligenschein leuchtete wieder hell.

Es ist angerichtet

An der Tanne hingen Zapfen
und eine Leiche.
Für die Vögel war sie ein Krapfen,
also fast das Gleiche.

Zoll

Wenn Verbrecher ungehindert reisen,
konnte der Zoll nichts beweisen.

Neid

Wenn Gangster auf zu großem Fuß leben,
tritt ihnen meist jemand auf eben diesen.
Dass sie Geld mit vollen Händen ausgeben,
wird manchem das Leben vermiesen.

Spät gelernt

Kommt der Blinde bei der Blutrache dran,
schaut er nie wieder Frauen an.

Treueschwur

An der Decke des Dachboden,
hing er aufgehängt an seinem Hoden.
Die Ehefrau hatte ihn beim Flirt erwischt
und ihm sein Ehegelöbnis aufgefrischt.

Verschwunden

Der Autor verlor den Verstand
und schrieb ein Krimigedicht.
Das blieb das Einzige, was man von ihm fand,
dem armen Wicht.

Lebensregel

Wenn zwei sich streiten,
freut sich der Anwalt.
Dies gilt schon seit Urzeiten,
höchstens einer wird dabei nicht alt.

Konkurrenz belebt das Geschäft

Sie schrieb erfolgreich Verse,
das wurde ihre Achillesferse.
Der Gatte konnte nicht verzeihen,
dass seine Verse nicht so gedeihen.
Vielleicht musste dies so sein,
sein bester Vers zierte ihren Grabstein.

Verrucht

Hat ein Blinder ein Auge auf Dich geworfen,
ist es meist aus Glas.
War er besonders verworfen,
endet schnell der Spaß.

Leichenlilly

Sie besaß einen bösen Humor,
viele meinten, er kam von einem Tumor.
Ihre Besuche im Leichenschauhaus waren bekannt,
brachten manchen um den Verstand.
Dennoch fühlte man sich ihr sehr verbunden,
brachte sie doch stets neue Kunden.

Auge

Wer vor dem Toten auf der Straße flieht,
ihm nie mehr in die Augen sieht.

Kopfjäger

Wenn der Ball rollt,
tut dies auch mancher Kopf.
So sind die Hobbys ungewollt,
ähnlich bei manchem armen Tropf.

Leichter

Wenn ein Dieb läutet
und seine Spendenbox zeigt,
hat er leichter Geld erbeutet,
als wenn er durch das Fenster steigt.

Kehrwoche

Sie nahm die Kehrwoche sehr genau,
beseitigte die Leiche einer Frau.
Warf diese in die Biotonne rein,
denn Ordnung muss sein!

Cool

Er sagte mit guten Gewissen:
„Mich hat noch nie was umgeschmissen."
Dies stimmte genau,
nicht mal seine ermordete Frau.

Putzfimmel

Kaum war er endlich abgekratzt,
hatte sie seine Reste vom Boden fortgekratzt.

Strickfehler

Wenn Verbrecher mit dem Flugzeug entschweben,
muss die Polizei demnächst das Netz besser weben.

Kleine Rüge

Sie wollte mal wieder lachen
und stieß den Gatten vor den Zug.
So was kann man auch machen,
wenn er sich nicht brav betrug.

Gerechte Strenge

Arnold Antiposti musste seinen Rüden,
streng rügen.
Denn dieser biss dem Postler ins Bein,
dem armen Schwein.
Dabei sollte er doch in den Hals beißen,
zu Recht daher dieses strenge verweisen.

Crime Ladys

Wenn Frauen Krimis schreiben,
lassen sie es selten bei der Theorie bleiben.
Kennst Du also eine Frau, die schreibt,
schau, dass sie Dir vom Halse bleibt.

Abwasch

Liegt eine Leiche im Waschbecken,
dauert es noch mit dem Tischdecken.
„Wer ist heute mit dem Abwasch dran?"
heißt es dann.

Eiskalt

Vor ihm lag eine Klapperschlange,
die klapperte so lange,
bis er sie vor den Ofen legte
und sie sich träge nicht mehr regte.

Junge Hausfrau

Als die Kobra sich im Strickkasten regte,
kam es, dass sie sich überlegte:
„Gehört das in den Haushalt,
oder werde ich hier nicht alt?"

Achtung

Auf seiner Decke,
bemerkte Karl eine Zecke.
Er floh davon,
legte sich zu einem Scorpion.

So geht's

So mancher arme Schlucker,
endete im Müllschlucker.

Stumme Zeugen

Könnten Steine reden,
flöhen wir in den Garten Eden.
Wer ließe sich schon davon betören,
so viel Geschwätz zu hören?

Frau Attila

„Du gehst mir auf den Geist",
rief ihr zukünftiges Opfer.
Was mal wieder beweist,
Unvorsichtige enden als Türstopfer.

Hobby

„Das sieht nach einem Puzzle aus",
rief freudig Klaus.
Er setzte die Leichenreste zusammen,
um sich anschließend dafür zu verdammen.
Denn nicht jedes Geschicklichkeitsspiel,
bringt einem viel.

Romantisch

Er liebte besonderen Duft,
benutzte viele Rasierwasser.
Einige rochen nach Gruft,
machten seine Freunde blasser.

Ruhelose Geister

Wenn um Mitternacht die Glocken läuten,
Fledermäuse Opfer erbeuten,
schweben die Geister der Mörder umher
und seufzen schwer.
Um den versäumten Braten,
fehlgeschlagene Taten,
über den Erfolg der Kollegen,
vor allem deswegen.

Gruft eines Killers

In einer sizilianischen Gruft,
herrschte ein besonderer Duft.
Die Leiche ruhte in ihren Lieblingsspeisen,
um Sargräuber zu verweisen.
Dieses wirkte auch,
wer wühlt schon gerne in Knoblauch?

Der Würger

Der Würger braucht Tipps,
für einen faltenfreien Schlips.
Denn es geht um die Berufsehre,
damit sich niemand über ihn beschwere.
Nur ein einwandfreies Arbeitsmaterial,
bringt des Opfers Beifall.
Wer dem Würger helfen kann,
melde sich bei dem armen Mann.

Der Geheimnisvolle

Sitzt dieser Herr auf dem Balkon,
fliehen alle Geister davon.

Lauert er am Fenster,
kommen auch dort keine Gespenster.

Denn sie kennen ihn zu gut,
sind vor ihm auf der Hut.

Sein Name ist der Tod,
färbt Wangen weiß statt rot.

Auf ihn fällt jeder einmal herein,
aber zweimal muss es nicht sein.

Triebtäter

Dieser armselige Tropf,
war ein geiler Bock.
Bei Frauen verlor er seinen Kopf,
nun auch auf dem Richtblock.

Macht der Medien

In London vor dem Galgen,
begannen sich Mörder zu balgen.
Ihre letzte Luft zu verschwenden,
um möglichst schnell zu enden.
Vom Ersten machte die Presse ein Bild,
darauf schien jeder ganz wild.

Im Moor

„Moorbäder sind gesund",
rief Lord Khor,
versenkte den Wanderer und dessen Hund,
kam sich auch noch hilfreich vor.

Missverständnis

Der Tourist wollte rauchen,
hilfsbereit zündete der Inder ihn an,
das konnte er nicht brauchen
und floh dann.

Hausfriedensbruch

Sich etwas zu sonnen,
zur Hand ein gutes Buch,
hatte der Tourist begonnen,
nie wieder braucht er ein Handtuch.

Er lag im Gras von Don Teranda,
ohne ihn zu grüßen,
nun ruht er einbetoniert in der Veranda,
ihm stets zu Füßen.

Folge

Ist das Opfer nur im Krankenhaus,
ist es mit dem Killer bald aus.

Goldene Weisheiten

Wer einmal am Galgen baumelt,
selten wieder über die Erde taumelt.

Liegt vor der Tür ein toter Versicherungsvertreter,
benutze ihn künftig als Fußabtreter.

Vielen der Humor das Leben würzt,
manchem hat er es auch schon verkürzt.

Wer den Lehrer mit dem Zirkel ersticht,
war wohl nicht besonders auf Mathe erpicht.

Grüßt Dich beim Arzt der Sensenmann,
kommst Du bald dran.

Liegt eine Leiche unter dem Tisch,
iss wegen des Geruchs lieber Fisch.

Wenn die Tote zu lange im Ofen schmort,
schmeckt sie nachher verdorrt.

Ist eine Leiche im Getränkeautomat,
steht immer Tomatensaft parat.

Reingelegt

Ärgert Dich das Finanzamt zu sehr,
gib einfach Dein Leben gratis her.

Heilige?

Sie war eine gefährliche Verrückte,
obwohl sie viele Naive verzückte.
Jahr um Jahr,
drohte von ihr Gefahr.
Es lag in ihrem Blute,
sie glaubte an das Gute.
Solche Menschen sind ehrlich,
daher besonders gefährlich.
Bald wurde sie eines Besseren belehrt
und ist in den Schoss der Erde zurückgekehrt.
Denn viele hatten sich schon arrangiert
und sich für das Böse engagiert.

Beweis

Wer Nachrichten sieht,
bei denen nichts Böses geschieht,
dem ist zu beweisen,
er lasse sich besser einweisen.

Im Salon

Wenn der Pianist flott aufspielt,
dabei nach der schönen Bardame schielt,
ein Fremder den Salon betritt,
kommt bald des Revolvers Auftritt.

Lesen bildet

Er wollte Ruhe haben
und sich an einem Krimi laben.
Doch die Nachbarn unterm Dach,
machten zuviel Krach.
Aber er war ja schließlich nicht dumm,
setzte den Krimi live um.

Angemessen

Liegt die Katze tot im Vogelbauer,
herrscht in der Familie tiefe Trauer.
Hängt der Vater auf dem Klo,
macht es alle froh.

Erfolgreiche Diät

Verlangt der Gatte eine Diät,
ist es schnell für ihn zu spät.
Wenn die Gattin unnötigen Ballast verliert,
ist es schnell um ihn passiert.

Ehemann

Er war unnütz wie ein Kropf,
landete deshalb im Suppentopf.
Nicht mal dafür zu gebrauchen,
begann er im Topf zu rauchen.

Grüße

Wenn Anni Arsen tödlich grüßt,
uns damit das Leben und den Kaffee versüßt,
ist es bald soweit,
es grüßt uns die Ewigkeit.

Abschied ist nicht nur ein bisschen wie sterben

Wenn uns der Killer lächelnd grüßt
und damit den Abschied versüßt,
ist es bald soweit,
wir entdecken Gottes Herrlichkeit.

Chefkoch

Nun sitzt er im Gefängnis voller Scham,
weil seinen Gästen das Pilzgericht nicht bekam.

Respekt

Der Autor schrieb mörderisch gut,
anerkennend zog der Killer den Hut,
bevor er seiner Pflicht nachkam
und ihm das Leben nahm.

Party

In einem noblen Schuppen,
tanzten mal die tollen Puppen.
Da sie der Gastgeber nur störte,
kam es, dass nie wieder jemand von ihm hörte.

Badespaß

„Ich bin doch kein dummer Hund,
im Moor baden ist gesund."
Damit hatte der Tourist zwar Recht,
dennoch bekam es ihm schlecht.
Ein Moorbad in einem Kurort,
reißt Dich nicht vom Leben fort.
Wer aber eines im englischen Moor nimmt,
ist nie wieder im Leben verstimmt.

Schwache Leistung

Liegt ein verstaubtes Skelett auf dem Balkon,
jage Deine Putzfrau davon.
Ruht auch eine in Deinem Wartezimmer,
ist das noch schlimmer.
Kündige auch die Sekretärin zu Recht,
kein Wunder lief die Praxis schlecht.

Frisch gewagt

„Frisch gewagt" rief der Dieb,
die einzige Spur, die von ihm blieb.

Besessen

Die Männer wollen nur das eine,
Fußball.
Das ärgerte seine Kleine,
sie tötete ihn in einem Wutanfall.

Terry

Einst reiste ein Schotte nach Schwaben,
um sich an Maultaschen zu laben.
Doch eine Kugel im Bauch verdarb den Appetit,
bevor er friedlich verschied.

Stäfflesrutscher

Stäfflesrutscher morden besser,
vor allem nachts werden sie kesser.
Das hat seinen Grund:
Hier läuft sonst nachts nichts rund.

Dringende Geschäfte

„Hier und jetzt",
rief er froh,
wollte eilig aufs Klo,
doch das war von einer Leiche besetzt,
deshalb floh er entsetzt.

Anpassungsfähig

Schwimmt der Gastgeber tot im Aquarium,
schert sich keiner drum.
Ist die Köchin auch tot,
Trauer – denn es gibt kein Abendbrot.

Sitzplatz

Die alte Frau wollte im Zug sitzen,
kam vom Stehen ins Schwitzen.
Doch niemand achtete darauf
und stand für sie auf.
Denn im Abteil saßen lauter Leichen,
die wollten für die NOCH Lebende nicht weichen.

Marketing

In der Soap Oper ging es endlich richtig ab,
jemand tötete Schauspieler nicht zu knapp.
Die Einschaltquoten stiegen auf die Schnelle,
der Produzent war halt sehr helle.
So mordete er heiter,
zu immer höheren Quoten weiter.

No Fun

Zwickt es Dir in den Waden,
solltest Du nicht mehr in Leichen baden.
Denn mancher ist von Blut rot,
aber noch nicht ganz tot.

Kein ruhiges Plätzchen

Liegt ein Toter im Tresor,
bringt ihn die Steuerprüfung hervor.

Kein gutes Zeichen

Grüßen Dich im Bach sorglos die Fische,
besitzt Du schon die entsprechende Leichenfrische.

Berufsethos

Wer in den Urlaub mit Leiche reist,
zeigt viel Berufsstolz.
Was oft allerdings bald heißt:
„Hacke im Arbeitslager Holz."

Ausgleichende Gerechtigkeit

Sie erstickte im Kissen,
er tat's mit ruhigem Gewissen.
Feierte dies in einer Bucht,
wurde danach überfahren – Fahrerflucht.

Hinweis

Wenn Dich jemand erschießt,
Dich mit Säure übergießt,
anschließend aufspießt
und Du alles überstehst,
ist es Zeit, dass Du nach Hollywood gehst.

Erkenntnis eines Krimiautors

„Der Mensch ist nichts, das Werk alles", sagte Flaubert.
Bei mir ist beides nur wie überreifer Camembert.

Ungeschickt

Sitzt eine Tote auf dem Klo,
macht das niemand froh.
Steht sie im Kleiderschrank,
macht das vor allem Frauen krank.

Haushaltstipps

Ruht eine Leiche in der Küche,
sorgt dies für aufregende Gerüche.

Legst Du einen Toten ins Bücherregal,
sind den Motten die Bücher egal.

Nimm eine Tote als Türstopfer
oder Türklopfer.

Vielleicht auch als Zusatz für die Suppe,
ideal wäre sie auch als Kleiderpuppe.

Denn wenn die Zeiten so schlecht sind,
spare jeden Euro mein Kind.

Wertschätzung

Die meisten Diebe,
suchen Geld,
selten Liebe,
denn sie sind von dieser Welt.

Nostalgie

Liegt jemand einsam im Burgverlies,
findet er Nostalgie schnell mies.

Umsonst gebräunt

Schwimmt seit Wochen eine Tote im Wasser,
wird sie trotz Sonne immer blasser.

Dumm gelaufen

Liegt ein Toter im Schornstein,
wollte er wohl vergeblich rein.

Grober Klotz

Wenn die Leiche in eine Tasse passt,
hast Du Sie etwas hart angefasst.

Vorsicht

Mancher Besucher,
ist ein arger Versucher.
Am besten nicht lange fragen,
vorsichtshalber gleich erschlagen.

Geschmackssache

Liegt eine fremde Tote im Bett,
findet es nicht jeder Finder nett.

Freie Fahrt für freie Fahrer

Liegt eine Leiche im Kofferraum,
ist freie Fahrt nur ein Traum.

Spaß in der Badewanne

Entdeckst Du eine Tote beim Baden,
kann es nichts schaden.
Nimm sie als Ersatz für Dein Spielzeugschiff,
das gibt dem Plantschen den letzten Schliff.

Wiederverwertung

Wenn es draußen heftig windet,
gern mal jemand verschwindet.
Sollten die Vermissten wieder auftauchen,
sind sie meist nur als Türstopper zu gebrauchen.

Nicht das Gleiche

Liegt der Chef tot im Büro,
macht es die Sekretärinnen froh.
Blockiert er dabei den Kaffeeautomat,
finden es alle schad.

Karriereknick

Sein erster Kunde erstickte am Rasierschaum,
so endete des Friseurs Karrieretraum.
Vor Schreck vergaß er sogar zu kassieren,
sowas darf einfach nicht passieren.
Denn wer arbeitet für Gottes Lohn,
über dem kreisen die Pleitegeier schon.

Ja, damals ...

Herr X träumte von Mord und Totschlag,
von der guten alten Zeit.
Er war noch vom alten Schlag,
zu allem bereit.

Vorbei

Wenn Deine Lebensuhr tickt,
eine Norne Dein Schicksal strickt,
dann kann es schnell geschehen,
auf ein Nimmerwiedersehen.

Glück gehabt

Trennt der Rollladen Dir Leib und Kopf,
bist Du ein armer Tropf.
Sei froh, dass es nur Dir passierte
und der Tod nicht stattdessen Deinen Mann kassierte.
Das wäre wirklich schlimm gewesen,
wen kümmert's schon, Du alter Besen?

Eile

Stirbt jemand im Hotel,
kommt die Polizei schnell.
Denn man will wieder das Zimmer vergeben,
so ist halt das Leben.

Diät

Liegst Du tot im Briefkasten,
beginnt erst richtig das Fasten.

Katzentraum

Eine Leiche als Kratzbaum,
ist jeder Katze Traum.

Fürsorglich

Hängt ein Toter im Park,
interessiert es die Medien stark.
Welche besorgte Mutter
sorgte hier für das Vogelfutter?

Preis der Eitelkeit

Hoch zu Ross,
kam er ins Schloss.
Das war wohl nicht das Wahre,
denn er verließ es auf der Bahre.

Hausfrauenkniff

Viele alte Säufer,
stolpern tödlich über den Läufer.
Es ist nicht zu fassen,
viele werden stolpern gelassen.

Zufall

Mancher Reisende kam vom Bahnhof,
direkt auf den Friedhof.
Wie das Schicksal so geht,
niemals lag es an der Kriminalität.

Schnäppchen

Brät am Kebabspieß eine Frau,
ist es ein Sonderangebot – wow!

Guter Ruf

Wenn ein Ehemann in Pantoffeln stirbt,
dies sehr für seinen Charakter wirbt.
Denn er hatte im Haus die Pantoffeln an,
sehen alle Neugierigen dann.

Gelegenheit

Im dichtesten Autostau,
ermordet man(n) gerne seine Frau.
Dies ist eine gute Gelegenheit,
sonst fehlt oft dafür die Zeit.

Ordentlich

Wer eine Leiche in den Schrank hängt,
ist überhaupt nicht beschränkt.
Nur übertrieben ordentlich,
das spricht doch für sich.

Eile mit Weile

Beißt Dich eine Giftschlange,
wartest Du wohl zu lange.

Schönheit muss leiden?

Stirbt eine Schönheit im Moor,
hatte sie wohl ein Moorbad vor.

Hänsel und Gretel

Wenn Gretel die Hexe killt,
ist ihr Blutdurst nicht gestillt.
Nur wenn auch Hänsel stirbt,
es ihr nicht den Tag verdirbt.

Hilfreich

Manche süße Puppe,
isst gerne Diätsuppe.
Wer sie mit Arsen vergiftet,
ihr für immer einen schlanken Körper stiftet.

Quittung

Es ist leider zu betonen:
Hagelt es blaue Bohnen,
dann hast Du etwas falsch gemacht
und einen Bandenkrieg entfacht.

Nachruf

Sein Humor war äußerst gallig,
dafür sein Weib äußerst rallig.
Es ist leicht zuzugeben,
er besaß viel Spaß am Leben.

Regen

Ich sage Dir mal was:
Auch Tote werden nicht gern nass.
Denn das wieder trocken werden,
bereitet ihnen viele Beschwerden.

Künstlerpech

Wenn der Einbrecher vom Balkon springt,
dabei in dem Komposthaufen versinkt,
dort seine Stiefel einbüßt,
nichts die Flucht versüßt,
dann erhärtet sich der Verdacht,
dass alles war nicht ganz durchdacht.

Vorherbestimmung

Kurt hieß der schwere Trinker,
man rief ihn nur „der fiese Stinker".
Eines Tages wurde er umgelegt
und später in Alkohol eingelegt.

Mr. Alibi

Hans heißt der Mann,
welcher für nichts was kann.
Viele nennen ihn Mr. Alibi,
denn diese versagten noch nie.

Kleine Ungereimtheiten

Eine berühmte Frau starb im Morgenrot,
im Park lag sie tot.
Für all die neugierige Welt,
wurde es als Unfall dargestellt.
Nur eins war dabei vertrackt:
Warum war sie nackt?

Innovativer Gewerbezweig

Ziert ein Kopf den Alkoven,
fand man wieder einen Doofen.
Schrumpfköpfe sind sehr begehrt,
unverständlicherweise wird die Einfuhr erschwert.
Daher wird nun im Lande produziert,
schnell ist es um Ahnungslose passiert.

Seltsam

Wenn in allen Ecken Leichen liegen,
wird plötzlich viel geschwiegen.

Kluge Investition

Kommt ein gestresster Mörder ins Haus,
schicke ihn mit einem Trinkgeld raus.

Konsequenz

Verlangen zwei Tote die Menükarten,
mussten sie lange auf den Kellner warten.
Ein Mann von Welt,
erhofft hier kein Trinkgeld.

Angenehmer Tod

Schwimmt ein Agent in einem Fass Weinbrand,
wurde dieser höchstwahrscheinlich erkannt.
Über diese Art zu sterben,
schwelgen später seine Erben.

Marketing Problem

Liegt eine Leiche im Weinfass,
wird der Küfer ganz blass.
Wie soll er einen Wein verkaufen,
in dem Leute ersaufen?
Lemberger mit karierten Socken,
ist für einen Gourmet ein harter Brocken.

Anhalter

Wenn Tote in Flüssen treiben,
sie selten optisch ein Genuss bleiben.
Fährt ein Dampfer vorbei,
sind sie oft als Anhalter dabei.

Wiederverwertung

Stecken Dir Blumen in der Nase,
dienst Du nun als Vase.

Berufsrisiko

Alte Tote im Besteckschrank,
machen den Diener beim Silber reinigen krank.

Berufskrankheit

Mörder sterben selten zu Haus,
mit ihnen geht es anders aus.
Sie erliegen meist einer Berufskrankheit,
also einem Attentat oder Streit.

Energisch handeln

Liegt eine Tote auf dem Sofa,
fährt sie wohl nie wieder Mofa.
Darum sofort zum Händler laufen
und das Mofa verkaufen.

Unbürokratisch

Er lag tot am Strand,
als die Polizei ihn fand.
Zum Glück war er nur ein Tourist
und landete einfach auf dem Mist.

Börse

Tipps aus erster Hand sind nicht selten,
doch muss man sie teuer der Mafia entgelten.

Neubau

Die Decke stürzte ihm auf den Kopf,
typisch Neubau – der arme Tropf.

Ländliche Beschaulichkeit

Wenn der Bauer sich im Stall suhlt
und der Eber um dessen Frau buhlt,
dann liegt es auf der Hand,
die Sodomie blüht im Land.

Netter Gruß

Kommst Du im Meer zu Dir,
mit Zement an den Füßen,
dann glaube mir,
die Mafia lässt grüßen.

Abkürzung

Franz nahm ein Buch zur Hand,
sah dahinter das Menetekel an der Wand,
legte sich sofort in eine Truhe,
zur ewigen Ruhe.

Staranwalt

Hubert lächelte ganz kalt,
galt nicht umsonst als großer Anwalt,
diesen Zusammenhang konnten viele nicht sehen,
schon war es um sie geschehen.

Selbsthilfe

Steckt der Bauer in der Jauchegrube,
war er wohl ein böser Bube.

Zeit

Liegt eine Tote im Zimmer,
riecht es immer schlimmer.
Liegt sie im Kompost beim Garten,
kann die Entsorgung warten.

Lockende Düfte

Der Parfümhändler tanzte verzückt,
endlich schien es geglückt,
er entdeckte einen neuen Nasenschmaus,
im Leichenschauhaus.

Alte Tradition

Versteckt hinter Bambussprossen,
leuchteten ihre Sommersprossen.
Der Tourist lachte verzückt,
schon halb entrückt.
Es blieb ihm nicht viel Zeit zum Bedauern
und fröstelnd zu erschauern.
Schnell wurde er shanghait,
somit von allen Zukunftssorgen befreit.

Tipps für jeden

Lieber ein Toter an der Tanne,
als einer in der Wanne.

Hängen Leichenreste an der Satellitenschüssel,
kratz sie runter mit einem Schraubenschlüssel.

Liegt eine Tote in Deinem Baderaum,
verstecke sie unter viel Rasierschaum.

Hängt jemand in der Kuckucksuhr,
tarne ihn als Pendel nur.

Findest Du Diebesgut in Deinem Grab,
geht es mit Deiner Familie bergab.

Freizeitspaß

Liegt eine Tote im Kanal,
spielt jeder Schiffe versenken mal.

Fachmann

Ist der Gasmann Freund Deiner Frau,
achte auf die Reparaturen genau.
Dem Fachmann blind zu vertrauen,
kann ganz schön daneben hauen.

Killerkrise

So mancher Fachmann,
benutzt oft einen Flachmann,
wenn ihm dabei die Hand zittert,
tobt der Auftraggeber erbittert.

Logisch

Liegt eine Tote auf dem Matterhorn,
geht sie schnell verlorn.
Denn es ist leicht zu vermitteln:
Wer will da schon ermitteln?

Kleiner Kunstfehler

Wenn es laut ruft,
aus der dunklen Gruft,
hat der Arzt vorher durchgefeiert
und beim Untersuchen rumgeeiert.

Eine Art Valentinstag

Hast Du ein Raucherbein
und der Chirurg entfernt den Magen,
so ist das nicht fein,
lass es ihm durch Dritte sagen.

Der Eingriff erfolgte erfolgreich,
aber an der falschen Stelle.
Mach deshalb einen Killer reich,
dieser erklärt es dem Chirurg auf die Schnelle.

Lieblingskunden des Arbeitsamtes

Wer früh stirbt,
sich um keinen Job bewirbt.

Kerzenschein

Mir ist gar nicht zum Scherzen:
Nehmt Leichen als Kerzen.
Der Grund dafür ist logisch:
Es ist ökologisch.

Wink mit dem Zaunpfahl

Liegen Leichenreste auf dem Bankett,
so ist das gar nicht nett.
Es wird dir zwar nicht gefallen,
aber Du bist wohl in Ungnade gefallen.

Schlechtes Timing

In der Hochzeitsnacht,
hatte sie wohl einen Fehler gemacht.
„Du bist ein Trottel", sagte sie
und endete als Schlachtvieh.

Umschulung

Will ein Killer sich umschulen lassen,
muss das Arbeitsamt leider passen.

Letztes Wort gesprochen

Er wusste immer alles besser,
doch sie leider auch.
Die Entscheidung brachte das Messer,
in seinem dicken Bauch.

Merkmal

Hängen Tote an den Antennen,
sind sie ökologische Blitzableiter.
Daran ist klar zu erkennen:
Ökologie ist auch finanziell gescheiter.

Schafschur

Die Deutschen sind geduldige Schafe,
betteln sogar noch,
dass die Politik sie bestrafe.

Noch jede Regierung hat sie geschert,
sie wäre ja sonst auch dumm,
nie hat sich einer beschwert.

Geht aber mal zu tief der Schnitt,
so kann alles geschehen,
wer weiß, was dann eintritt?

Technischer Hinweis

Liegt ein Mann im Boiler,
ist er ein armer Heuler.

Beileid

Lass es Dir mal ehrlich sagen:
Der Tod des Bruders liegt vielen im Magen.
Doch hättest Du ihn nicht roh gegessen,
wäre er schon längst vergessen.

Personalprobleme

Hängt ein Toter an der Gardinenstange,
so richtig verstaubt,
dann hast Du zu lange
deiner Putzfrau vertraut.

Big Boss

Hugo Bauner,
fühlte sich als großer Gauner.
Doch vor Gericht fiel es ihm ein:
„Ich war immer nur ganz klein."

Rendezvous

Ich predige dem Frischverliebten immer:
Drapier Leichen in Deinem Zimmer.
Lehne sie sachte an die Wand,
drücke ihnen Kerzen in die Hand.
Diese Dekoration ist sehr billig
und macht jede Frau willig.
Schnell ist es um sie geschehen,
wer kann dieser Romantik entgehen?

Dekoration

Hängt eine Frau an der Kneipenlampe,
war es wohl nur eine Schlampe.

Im Coffeeshop

Schwimmt im Kaffee Arsen statt Milch,
ist es schnell vorbei mit dem Knilch.

Schicksal

Verärgert las Bernd Rhodes,
die „Blumen des Todes",
rief: „So ein blöder Mist",
seitdem wird er vermisst.

Dinner a la Madame

Markus saß am Tisch,
verspeiste alten Fisch.
Seine Frau beobachtete ihn süßlich,
sogar fast genüsslich.
Dies schien nicht für ihn zu sprechen,
es nahte das perfekte Verbrechen.

Schnellkurs

Wenn der Täter aufs Dach steigt,
sich provozierend offen zeigt,
ist er wohl Exhibitionist,
jeder weiß schnell, was das ist.

Alltagsimpressionen

Wenn die Sonne scheint,
der Regen weint,
ist alles normal,
selbst ein dubioser Todesfall.

Hobby

Sterben laufend die Verwandten
und man entdeckt Gift im Kuchen,
verdächtige vor allem alte Tanten,
die etwas Abwechslung suchen.

Unterschiede

Steckt ein Scorpion im Hausschuh,
gibt jeder Tyrann schnell ruh.
Aber eine Kobra im Kleiderschrank,
macht vor allem Frauen krank.

Gourmettipp

Alte Leiche mit Lauch,
schmeckt wie Knoblauch.

Verdächtig

Wenn Deine Nachbarn plötzlich mit Fingern essen,
solltest Du die Essenseinladungen lieber vergessen.
Denn vermutlich fand in der Bestecktruhe,
irgendjemand die letzte Ruhe.

Symbiose

Womit sich amerikanische Killer ausweisen,
ist Ketchup zu allen Speisen.
Warum man ihn so mag,
er erinnert so an ihren Arbeitstag.
Mal hier ein roter Fleck, mal dort
und schon geht's wieder fort.

Schicksalhaft

Mancher Wildfang,
endete im Vorhang.
Erst eingewickelt,
dann um den Finger gewickelt.

Grundnahrungsmittel

Wenn sparsame Schotten sterben,
freuen sich die Erben.
Doch jeder Tod ist schwer für die Whiskyindustrie,
die Abgänge verkraftet sie fast nie.
Denn was so ein Schotte im Leben trinkt,
dem Hersteller schnell eine goldene Nase winkt.

Vom Film gelernt

Servieren Damen in Spitzenhäubchen,
fröhlich plaudernd Speisen,
misstraue jedem Sahnehäubchen,
denke ans schnelle Verreisen.

Getränkewechsel

Ruht ein Brite tief im See,
trinkt er nie wieder Tee.

Ungesund

Stecken Leichenreste in der Autoheizung,
führt dies zu leichter Atemreizung.

Gesundheitshinweis

Köpft Dich der Rollladen,
fühlst Du nicht mehr Deine Waden.

Kleiner Einsatz

Viele Menschen hadern,
mit ihren Krampfadern.
Dabei hilft doch schon,
eine kleine Amputation.

Blutrache

Wenn Du am Leben festhältst,
plötzlich tot vom Stuhl fällst,
ist das unvermutet geschehen:
Du hast wohl etwas übersehen.

Strandbar

Treibt eine Leiche im Meer,
schwimme nicht hinterher.
Sie dient als Köder für Fisch,
den gibt's nachher auf den Tisch.

Kein Argument

„Mich bringt nichts auf die Palme", rief er,
dies zu glauben fiel sehr schwer.
In seinem Garten mussten die Blumen weichen,
für die vielen Leichen.

Zuverlässig

Auf sie war Verlass,
sie nervte ohne Unterlass.
Erst ihr vorzeitiges Ende,
brachte die Wende.

Cool?

Einen Toten im Swimmingpool,
finden nicht alle Touristen cool.

Autorenschicksal

Wenn der Krimiautor plötzlich Gedichte schreibt,
seine Frau damit zur Verzweiflung treibt,
und deshalb schließlich beim Altmetall landet,
sind seine Versuche wohl gestrandet.

Über den Autor:

Ralf Neubohn ist Autor zahlreicher Bücher. Er schreibt nicht nur Krimis, sondern auch heitere Romane und Kurzgeschichten.

Sein Kurzkrimiband „Neubohns Krimihäppchen" kommt bei den Lesungen immer besonders gut an. Bei den heiteren Büchern vor allem „Alle Autoren an Bord!" und „Im Tal der Autoren".

Beide Bände haben den Vorteil für die Leser, dass sie mit diesen einen humorvollen Blick hinter die Kulissen des Autorentums werfen können. Und das ist doch ganz interessant und lehrreich.

Lesetipp:

Ralf Neubohn und Michael Kerawalla: „Im Tal der Autoren"

Für dieses Buch schrieb Ralf Neubohn unter anderem folgende Texte:

Der Roman

Sam beendete 3 Jahre Schreibarbeit an seinem neuesten Roman mit einem guten Gefühl. Alle goldenen Regeln seines Verlegers fanden sich in dem Werk wieder. Anspruchsvoll geschrieben, ein kritischer Spiegel der Zeit und sorgfältig recherchiert.
Stolz begab er sich damit zu seinem langjährigen Verleger. Dieser las das Buch mit einem Stirnrunzeln durch und sprach die goldenen Worte: „Um erfolgreich zu sein, darf ein Roman nirgends politisch anecken. Streichen Sie daher bitte alle betreffenden Stellen. Natürlich wollen wir auch niemandes religiöse Gefühle verletzen oder Wirtschaftsbosse auf die Füße treten. Sie verstehen doch, dass diese Teile deshalb raus müssen. Zuviel Sex und Gesellschaftskritik sind auch nicht mehr zeitgemäß, sie fallen ebenfalls weg. Natürlich wollen wir uns bei niemandem anbiedern und langweiligen Mainstream vermarkten, wir passen uns nur etwas der Zeit an." Damit gab er den von 520 Seiten auf 3 Seiten gekürzten Roman in Druck, der ein großer Erfolg wurde.

Zurück zu den Wurzeln

Seneca, Cato und Tolstoi hatten vollkommen recht: Nichts geht über das einfache Landleben. Weg von all dem unnötigen Schnickschnack zurück zum Urtümlichen. Nur von den allernotwendigsten Hilfsmitteln begleitet leben.

Während ich diese Zeilen auf meinen Laptop schreibe, geht draußen die Außenbeleuchtung automatisch an. Vermutlich ist eine Katze durch die Lichtschranke gelaufen. Ein Surren zeigt an, dass die Rollläden mittels Zeitschaltuhr pünktlich heruntergelassen werden. Ich gehe in die Küche aus der Tiefkühltruhe frisches Gemüse für die Mikrowelle holen. Unterwegs blinkt mich im Flur das drohend rote Auge des Anrufbeantworters an. Aus dem Büro höre ich das Fax nach neuem Papier fiepsen und Informationen aus dem Internet plärren.

Bei so viel Stress starte ich mittels Fernbedienung erstmal eine Musik-CD und gönne mir aus der chromglitzernden Expressomaschine ein Anregungsmittel. Zwischenzeitlich ist das Gemüse fertig geworden. Es hat dieses Mal 1 skandalöse Minute länger gedauert! Zeit die alte Mikrowelle gegen eine schnellere auszutauschen! Ich muss wegen eines neuen Navigationsgerätes sowieso in die Stadt.

Im Esszimmer angekommen greife ich zur Gabel, als sowohl das Handy klingelt, als auch das E-Mail Postfach nach mir verlangt. Doch die müssen beide in die Warteschleife, da pünktlich zum Essen im Fernsehen meine Lieblingsserie startet, die ich auf dem extragroßen LCD-Bildschirm sehe.

Mittels Fernbedienung schalte ich die Heizung etwas höher und genieße die Wärme und das Mikrowellengemüse sehr.

Ja, die großen Denker wussten, was sie sagten: NICHTS geht über das urtümliche, einfache Landleben! Zurück zu den Wurzeln!

Lesetipp:

Flammenfeder

„Live von der Gartenschau"

In diesem Buch berichten Ralf Neubohn und Michael Kerawalla Heiteres aus dem Paradies für Blumenliebhaber. Beide sind Mitglieder der Autorengruppe Flammenfeder, die dieses Buch herausgebracht hat.

Folgend ein paar Textproben daraus:

Computerexpertin Petrulia

Paul saß zufrieden in seinem Kinderzimmer, heute gab's in der Schule endlich einmal keine Hausaufgaben. Er konnte also nun die langersehnte Radtour auf dem Gartenschaugelände machen! Er freute sich sehr darauf. Draußen schien die Sonne und rief ihm förmlich zu: „Komm, komm!" Als er gerade zu seinem Drahtesel eilen wollte, stand plötzlich seine nervige Schwester Petrulia in der Tür. Was für ein Schock, denn das bedeutete stets etwas Schlimmes.

Sie sprach: „Paul! Ich muss noch von gestern meine Hausaufgaben nachholen. Da es soviel ist, mache ich sie an Deinem Computer."

Paul zuckte tief erschrocken zusammen. Seine chaotische und eingebildete Schwester an seinem geliebten Computer! „Dich kann ich nicht allein an meinen PC lassen. Du hast doch keine Ahnung davon!"

Petrulia erwiderte triumphierend: „Mutter hat es mir erlaubt! Sie meint, dass ich groß genug dazu bin."

Paul biss sich auf die Zunge, um nichts über ahnungslose Mütter im Allgemeinen und vor allem in diesem speziellen Fall zu sagen, und startete gottergeben seinen Computer. Er harrte schicksalsergeben der nun folgenden inneren Leiden, die auch prompt eintraten.

„Paul? Was heißt eigentlich PC? Pauls Computer?"

„Nein", entgegnete er genervt. „Es heißt Petrulias Chaos. So, jetzt gebe ich das Codewort ein."

„Kotwort", zischte Petrulia entsetzt. „Heißt dass, dass der Computer mit Scheiße zu tun hat?"

Paul stöhnte verzweifelt. Mütter und Schwestern konnten einem wirklich das Leben versauern. Von wegen Petrulia ist groß genug! Doch da er noch mit dem Rad wegwollte, ließ er sich auf keine Diskussion ein. „So, jetzt mache ich nur noch schnell einen Quick Scan."

Petrulia starrte ihn schockiert an. „Warum wird ein Schwein geröntgt? Oder wird das Schwein wie die Waren an der Supermarktkasse gescannt? Aber wozu? Was hat das denn jetzt mit uns zu tun?"

„Schwestern gehört das Gehirn gescannt", dachte er erbittert. „Sofern sie denn überhaupt eins haben." Laut giftete er: „Das hat nichts mit Schweinen zu tun! Es ist eine wichtige Funktion des Virenscanners."

„Ach", seufzte Petrulia erleichtert. „Hat Dein PC Grippe? Sag das doch gleich!"

Paul brummelte ablenkend: „Wir schreiben nachher Deine Hausaufgaben in Times New Roman."

„WAS?" rief Petrulia begeistert. „Meine Hausaufgaben kommen in der Times als neuer Roman? Ich wusste doch, dass meine Aufsätze super sind. Nur meiner dummen Lehrerin ist das noch nicht klar."

Paul litt entsetzlich, wir legen den Mantel des gnädigen Schweigens über die nächste Stunde.

So meinte seine Schwester unter anderem: „Tool bar? Das ist toll, denn ich habe gerade Durst."

Als nach vielen inneren Leiden seine Schwester ihn verließ, warf sich der arme Paul völlig erledigt aufs Bett.

Dort fand ihn dann später seine Mutter: „Was machst Du hier noch? Ich dachte, Du wolltest übers Gartenschaugelände radeln!

Dauernd hast Du beim Mittagessen genervt, dass Du heute dort eine Radtour machen willst. Nutze nun auch wirklich die schöne Sonne aus. Also, mit Euch jungen Leuten ist einfach nichts mehr los! Ihr wisst einfach nicht, was Ihr wollt! Erst nervst Du beim Mittag wegen dem Radeln und dann liegst Du den ganzen Nachmittag nur faul rum!"

Besuch auf der Gartenschau

Claudia, Elke und Sieglinde saßen auf den Remsterrassen und schauten herab in die tobenden Fluten der Rems. Da zur Zeit der Pegel auf Rekordtief lag, schauten aus den mächtigen Fluten zwei kleine Inseln heraus. Was die drei nicht wussten: Es waren keine kleinen Inseln, sondern die verschütteten Vulkankegel der Insel Atlantis, die bis zu einem großen Vulkanausbruch in der Rems lag. Die drei Mädchen lösten sich vom Anblick der vermeintlichen Remsinseln und gingen mit ihren Freunden weiter über das wunderschöne Gartenschaugelände. Bisher verlief alles friedlich. Sonst gerieten sich ihre Freunde im Fußballstadion oder bei politischen Veranstaltungen immer in die Haare. Doch heute würde es sicherlich harmonisch verlaufen, nichts ist besänftigender fürs Gemüt, als Sonne und schöne Blumen, dachten die drei Mädels, bis es bei einem besonders reizenden Blumenbeet wieder zwischen den drei Jungs krachte:
„Du vulgäres Veilchen! Die schönsten Blumen sind die Rosen!"
„Quatsch! Du rostige Rose! Nichts geht über zarte Veilchen! Und wenn Du willst, kannst Du von mir gleich zwei blaue Veilchen haben."
„He, hört, mal Ihr zwei Streithähne, am schönsten sind die Tulpen."
„Was? Das hätten wir wissen müssen, dass Du eine tumbe Tulpe bist. Du mit Deiner krakeligen Kaktusnase!"

So ging es den ganzen Nachmittag weiter. Die leidgeprüften Mädchen beschlossen deshalb am nächsten Wochenende lieber mit ihren Freunden ins Fußballstadion zu gehen, denn dort dauerte deren Zoff untereinander nur 90 Minuten.

EOCE – CD Shop

Eines Tages erschien in einem aus Datenschutzgründen nicht näher genannten Geschäft in Waiblingen ein neuer Kunde. Die Ladenbesitzerin bediente ihn zuvorkommen und sagte später beim Abschied: „Ich hoffe, Sie kommen bald wieder."

Der Kunde antwortete galant: „Sicher. Sie sind so kompetent und freundlich wie Herr Neubohn es neulich bei der Lesung auf der Gartenschau erzählte. Er liest ja öfters in unserer schönen Stadt, um dadurch die Innenstadt zu beleben. Eine gute Idee von ihm. Auf wiedersehen Frau Elpinike."

Das Lächeln der Ladeninhaberin erlosch so plötzlich, wie das Lächeln eines Managers, wenn es keine 10 % Boni gab. Sie erwiderte erstaunt: „Elpinike? Ich heiße Röchelbaum."

„Oh", flüsterte der Kunde. „Entschuldigen Sie bitte die Verwechslung. Ich dachte Sie heißen; Eutalia Ottilie Clothilde Elpinike und sind die Inhaberin."

Frau Röchelbaums ohnehin schon große Augen wurden noch größer, wie im Märchen vom Rotkäppchen – damit ich Dich besser sehen kann – und ihr Mund wuchs auch – damit ich Dich besser fressen kann! „Ich bin die Inhaberin. Hier gibt es keine Frau Eutalia Ottilie Clothilde Elpinike. Wie kommen Sie denn darauf?"

„Ach", raunte der Mann erstaunt. „Da muss Herr Neubohn was verwechselt haben. Als er mir von ihrem schönen Laden EOCE – CD Shop erzählte, fragte ich ihn, was der Name EOCE voll ausgeschrieben heißen würde. Und er meinte: Ah, öh, natürlich ist es wie bei den meisten Läden, er ist nach der Inhaberin benannt. Und der Name der Inhaberin lautet hier Eutalia Ottilie Clothilde Elpinike."

Wir wissen leider nicht, was Frau Röchelbaum dachte, als sie dies hörte, aber Herr Neubohn bekam tags darauf gründlich den senilen Kopf gewaschen. Das beweist mal wieder: Die Schwaben sind in Wahrheit gar nicht so geizig! Denn in Schwaben wird oft jemand gratis der Kopf gewaschen und das trotz der teuren Schampoopreise!

Vorschau: Ralf Neubohn und Michael Kerawalla

„Gartenschau Phantasie"

Dieses Buch, für das Ralf Neubohn unter anderem folgende Texte schrieb, erscheint ca. Mai 2018.

Die beiden Gartenschauen

Zweifellos sind die Gartenschauen in Heilbronn und an der Rems ein paar der schönsten, die es je gab. Sowohl von den Anlagen her, aber auch wegen dem wunderbaren Ambiente der Umgebung. Für jeden, der seine Freude an den prächtigen Pflanzen auf dem Gartenschaugelände hat, stellt sich die Frage: Wie konnte diese verzaubernde Pracht entstehen? Das Geheimnis ist einfach und schon lange wohlbekannt: Nachts durchfliegen Elfen die Anlagen. Dabei hinterlassen sie ihren magischen Glanz, der sich auf alle Pflanzen wie Lack legt und diese besonders schön strahlen lässt. Besucher mit strahlendem Lächeln sind wohl früh morgens noch einer etwas verspäteten Elfe begegnet.

Ich wünsche Ihnen viel Spaß, in diesen verzauberten Elfengärten. Egal, ob an der Rems oder in Heilbronn: Ein Besuch lohnt sich!

Gartenschauromanze

Er sah das Mädchen an der Remsküste,
sie hatte wunderbare … Ohren.

Ihr Anblick macht ihn froh,
vor allem der schöne … Ohrring.

Vielleicht würde das Schicksal ihn strafen,
doch wollte er mit ihr …. Ohrputzen.

Später flüsterte sie benommen:
„Hoffentlich werde ich kein … Ohrsausen bekommen.“